편편황조

홍길동전

인쇄일	2021년 10월 15일
발행일	2021년 10월 20일
글·그림	오연
발행인	오종근
기획	펀펀황조
편집	이정은, 이은주
펴낸곳	펀펀황조
제작	새담디앤피
출판등록	제399-2010-000041호
주소	경기도 남양주시 경춘로1256번길24.
전화	010-8992-8680
메일	gayasea@naver.com
ISBN	978-89-965434-8-0 03810

© 글·그림 오연. 2021 Copyrigt in Korea
※ 이 책은 펀펀황조 출판사가 저작권자와의 계약에 따라 발행한 것이므로 본사의 서면허락 없이 어떠한 형태와 수단으로도 본서의 내용을 무단으로 복제하는 것은 저작권법에 의해 금지되어 있습니다.

책값은 뒤표지에 있습니다.
※ 잘못된 책은 교환해 드립니다.

목 차

1. 청룡의 기운 받고 태어난 홍길동 — 007
2. 아버지를 아버지라 부르지 못하고 형을 형이라 부르지 못한다. — 029
3. 관상 보는 계집 — 051
4. 객자와~객자와~ — 073
5. 표주박으로 인한 도적 우두머리 — 095
6. 활빈당 장수 홍길동이 한 짓이다. — 117
7. 북악산에 있는 포도대장 이업 — 139
8. 임금의 명받은 이조판서 길현 — 161
9. 여덟 홍길동 — 183
10. 비 우 雨 — 203
11. 병조판서 홍길동 — 225
12. 제도에 사는 을동 — 245
13. 아버지 — 265
14. 율도국 정벌 — 285
15. 등극 — 307

-작품설명

-후기

[홍길동전]은

전통회화방식 그대로
한지 위에 붓으로 그리고
염료로 칠해서 제작하였습니다.

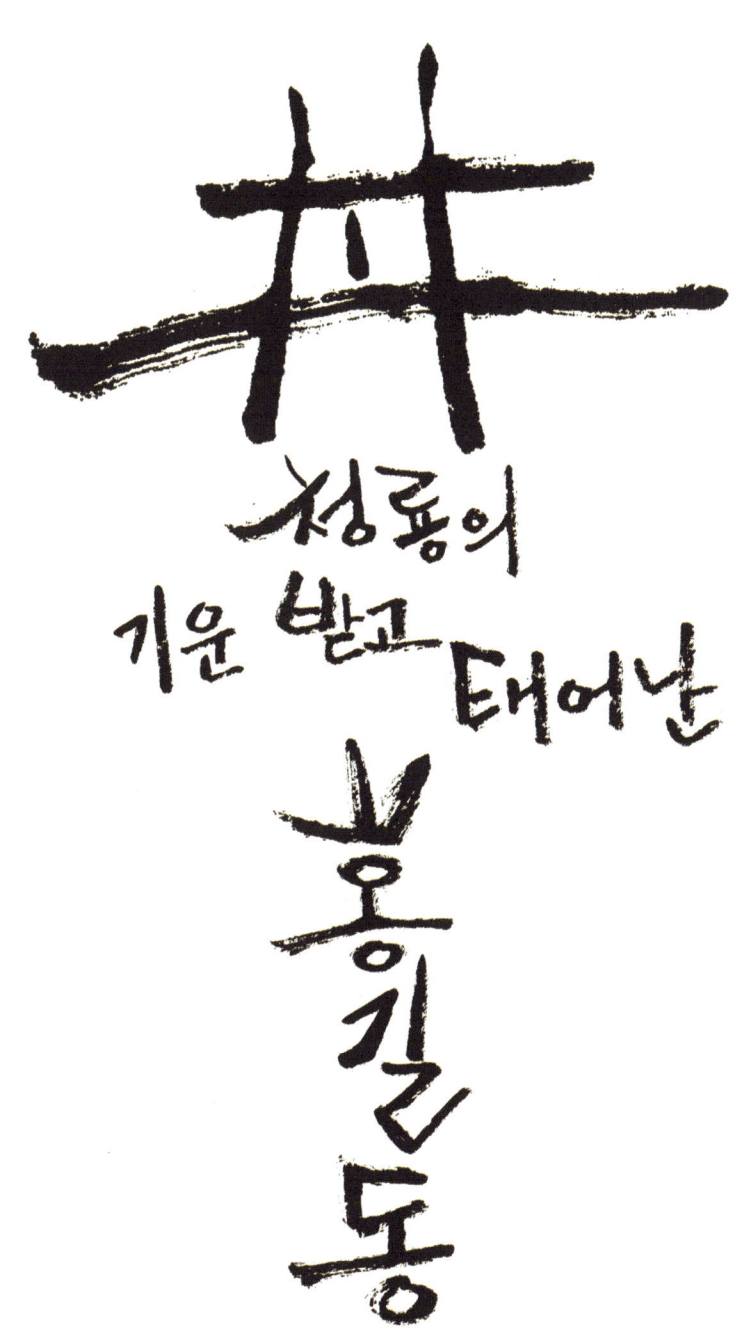

조선국
세종대왕 시대

사방에 일이 없고 도적들도 없고 연이어 풍년이 드니

이런 시절을 그 누가 태평성대 라고 말하지 않겠습니까?

좌의정 홍문,

명망이 조정에서 으뜸인 홍문 대감께서 과인을 도와 일을 감독하고

충성을 다하니 나라가 천하태평입니다.

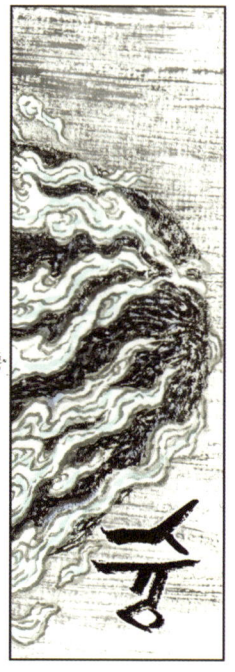

청룡이 토한 기운이 나에게 온다!

이, 이건 평생에 한번 올까 말까하는 대몽 중에 대몽이다.

*노류장화(路柳墻花)-길가에 버들잎과 담 밑에 꽃은 누구든 쉽게 만지고 꺾을 수 있다는 뜻으로 기생을 말함

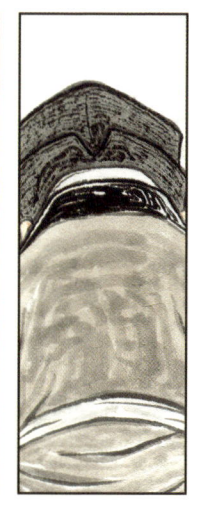

10개월 후

홍문대감 집 행랑에 웬 오색구름이 맴돌고 있는데?

그러게?

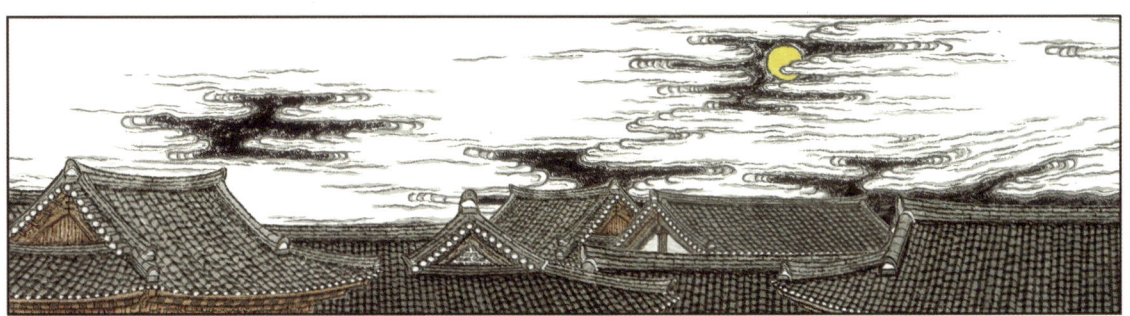

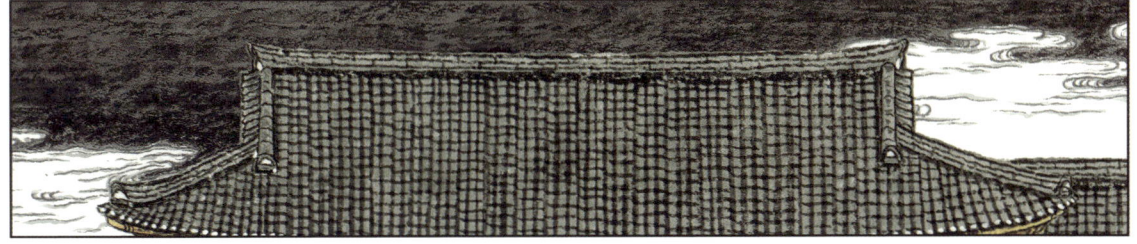

아버지를
아버지라
부르지 못하고
형을 형이라
부르지 못한다.

키득 키득

子曰(자왈)

不患人之不己知
(불환인지불기지)

患不知人也
(환부지인야)는
무슨 뜻인가?

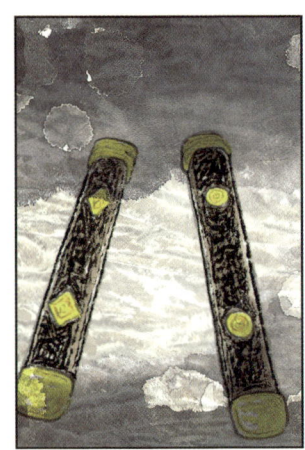

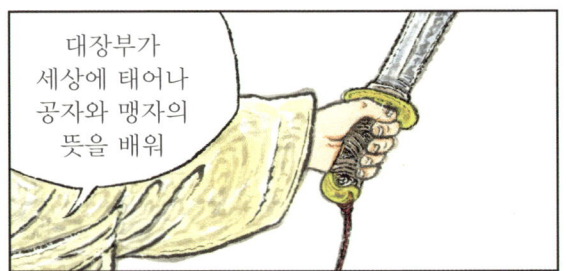

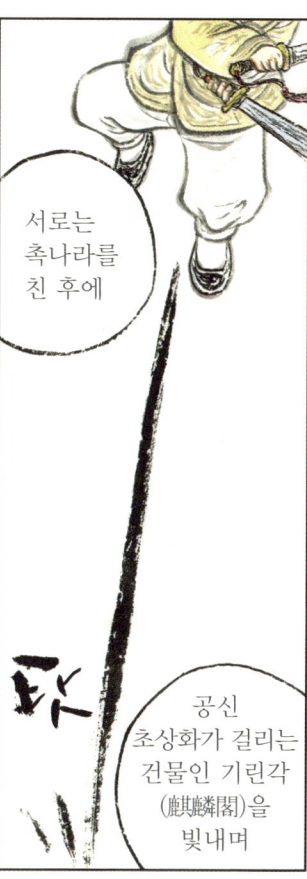

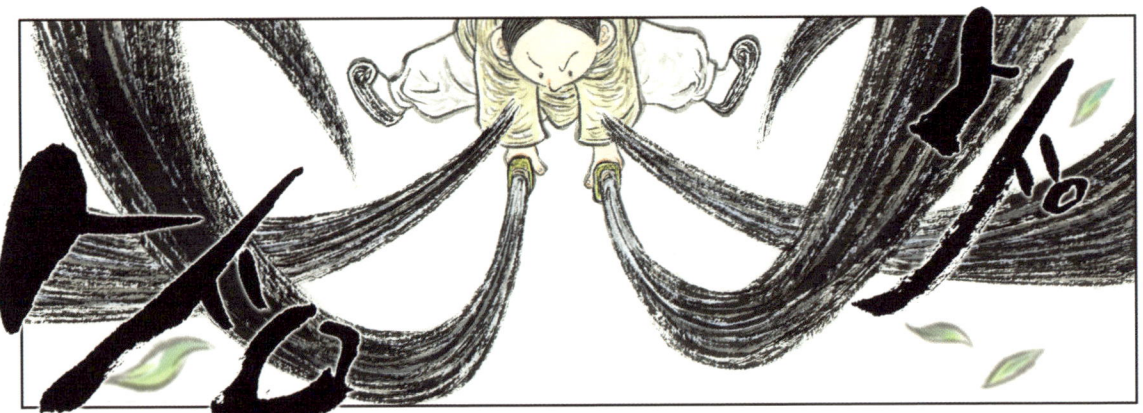

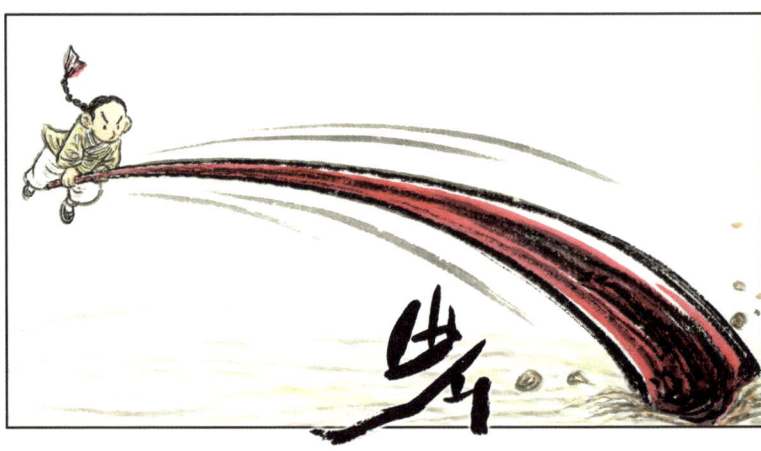

2. 아버지를 아버지라 부르지 못하고 형을 형이라 부르지 못한다.

관상 보는 계집

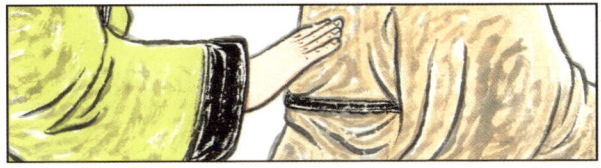

길동이는 평범한 놈이 아닌 걸 내가 제일 잘 알지 않는가?

천한 것을 한탄하여 분에 넘치는 마음을 먹으면

대대로 나라에 충성하고 은혜에 보답했던 일이

쓸 데 없어지고 큰 화가 우리 가문에 미칠 것이다.

아, 아하~.

드셔 보세요.

입맛이 없구나. 초낭아, 상을 물려라.

힐끔

대감.

요즘 잠도 재대로 주무시지 못하시고 수척해 지셨습니다.

분명 길동이 때문이겠지요.

….

잔가지가 많구나.

꽃이 건강하게 자라기 위해서는 잔가지를 쳐야 합니다.

소인이 대감의 마음을 이리저리 살펴보니

대감께서도 길동을 없애고자 하시나 차마 실행에 옮기지 못하시는 것 같습니다.

저의 좁은 소견으로는

길동을 먼저 없앤 후에 대감에게 얘기하면 이미 저질러진 일이라 어찌할 수 없어 근심을 잊을까 합니다.

아.

인정과 도리에 어긋나니 얘기할 바가 아니다.

객자와~

객자와~

드디어 시서백가어(詩書百家語. 모든 학문)를 공부하여 이젠 모르는 것이 없다.

손오의 병서를 읽어 이치에 통달하였고 귀신도 할 수 없는 술법과

천지조화의 풍운도 마음대로 부릴 수 있으며 육정육갑의 신장을 불러 신출귀몰 할 수 있다.

이젠 세상에 두려운 것이 없구나.

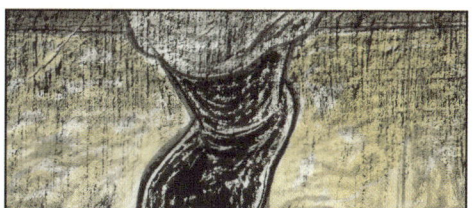

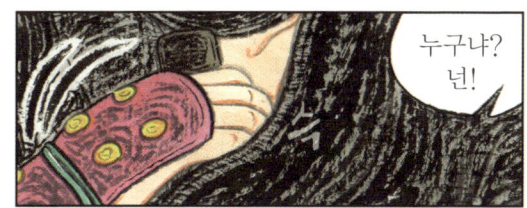

너의 악행이 하늘에 사무쳐 오늘 내 손을 빌려

악한 무리를 없애는 것이다.

신장은 어서 나와 관상녀를 이리 데려오라.

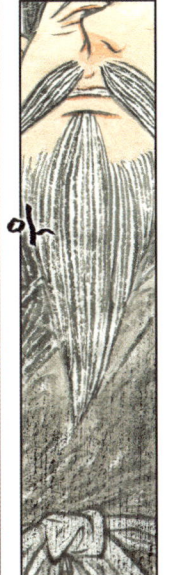

이제 네가 화를 피하고 어미 낯을 보아 빨리 돌아온 후 나로 하여금 실망하는 일이 없도록 하여라.

아 아

내, 다 내 잘못인 것을…. 이 밤이 이리 길구나.

소자도 마지못해 한 일입니다.

길동어미를 후대하여 편안케 하고 길동이를 후하게 장사지내

애석한 마음

만분의 일이나마 덜까 합니다.

다음날

뭐!?

길동이는 사라지고 길동이가 있던 별당엔 머릴 잘린 시체 두 구가 있다니.

집안에 이런 변고가 있으니 화가 끝이 없겠구나.

표주박으로 인한
도적 우두머리

이 넓은 천지 사이에

한 몸 허락하는 곳이 없구나.

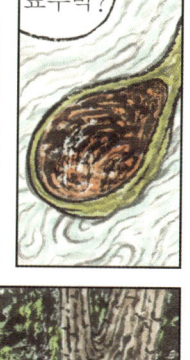

표주박?

이 첩첩산중에 사람이 쓰던 표주박이 떠내려 오다니….

분명 마을이 있을 것이다.

5. 표주박으로 인한 도적 우두머리 97

용이 얕은 물에
  잠기어 있으니
물고기와 자라가
  쳐들어오고
범이 깊은 수풀을 잃으매
  여우와 토끼의
    조롱을 보는구나.

아하~
  오래지 아니해서
풍운을 얻으면
  그 변화를
    헤아리기 어려우리로다.

저 아이…
어려보이긴 해도 거동이 비범하며 더욱이 홍 승상의 자제라 하니,

재주라도 한번 시험해 보고 처치해도 해롭지 않을 것입니다.

그래! 기회라도 줘라!

그래! 기회라도 줘라!

알았다.

지금 우리가 의논하는 것은 두 가지다.

하나는 이 앞에 초부석이라 하는 돌이 있는데 무게가 천여 근이라 무리 중에 치울 사람이 없는 것이고,

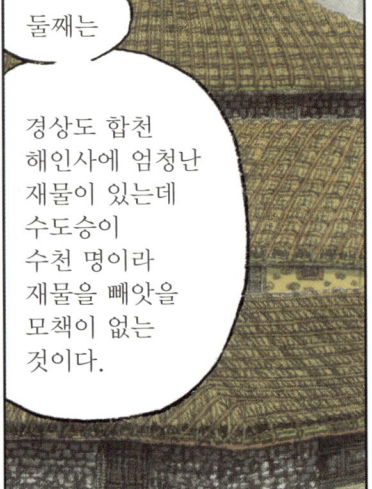

둘째는

경상도 합천 해인사에 엄청난 재물이 있는데 수도승이 수천 명이라 재물을 빼앗을 모책이 없는 것이다.

네 녀석이 이것을 해낸다면 오늘부터 우리의 장수로 봉할 것이다.

으흠…

5. 표주박으로 인한 도적 우두머리

5. 표주박으로 인한 도적 우두머리

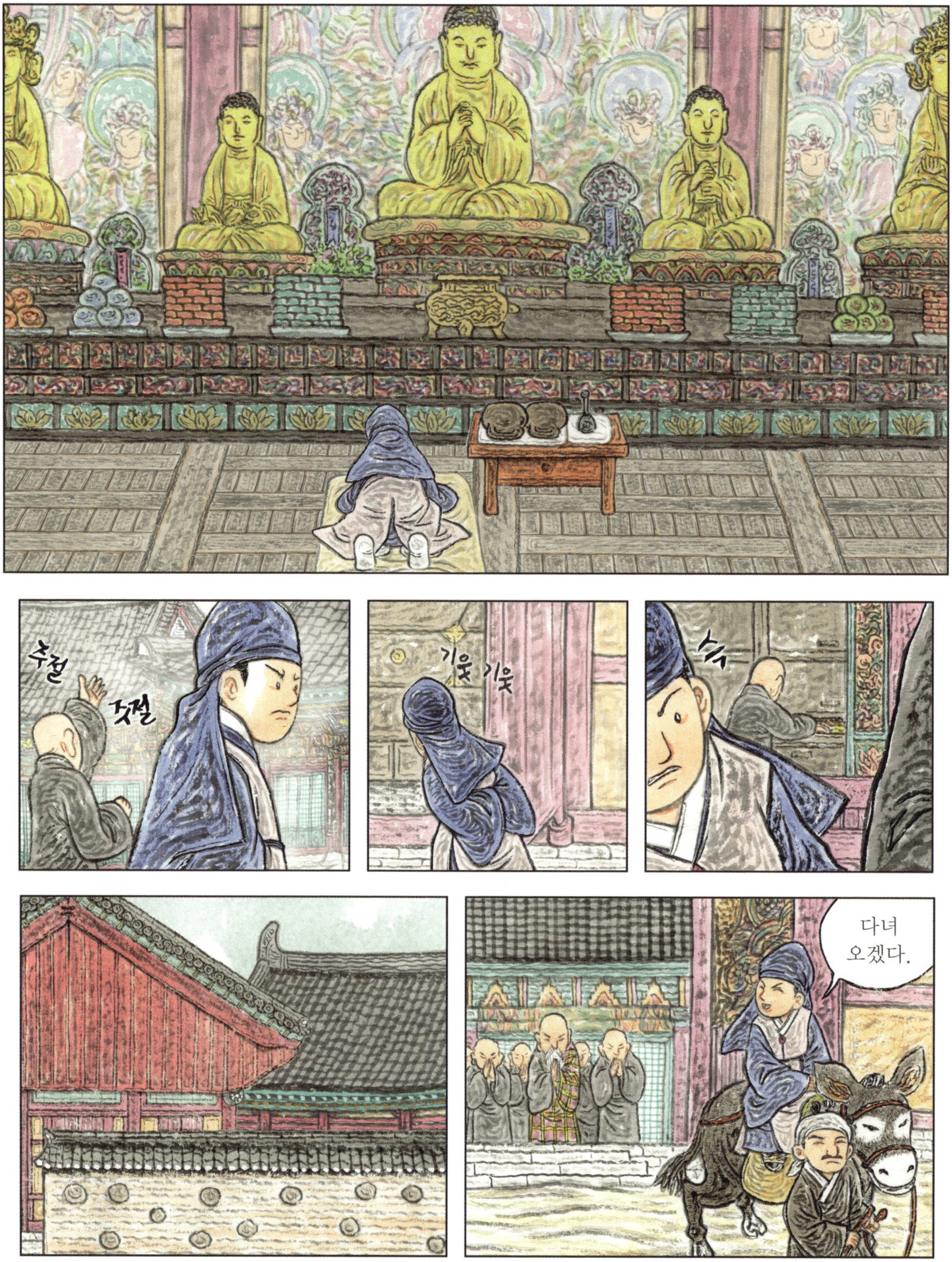

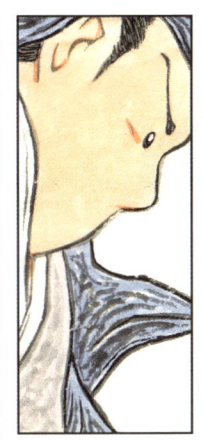

이제 어찌 할까요?

음

해인사에 백미를 보내라. 관아에서 보냈다고 말하여라.

해인사

쌀이 왔습니다.

활빈당 장수
홍길동이
한 짓이다.

감사합니다.

6. 활빈당 장수 홍길동이 한 짓이다.

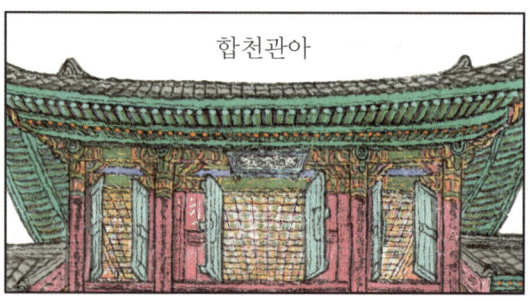

아직 근처에 있을 것이다.

어서 잡아라!

함경도 감영

능에 불이 났습니다!

능에 불이 났으니 어서 불을 끄십시오!!

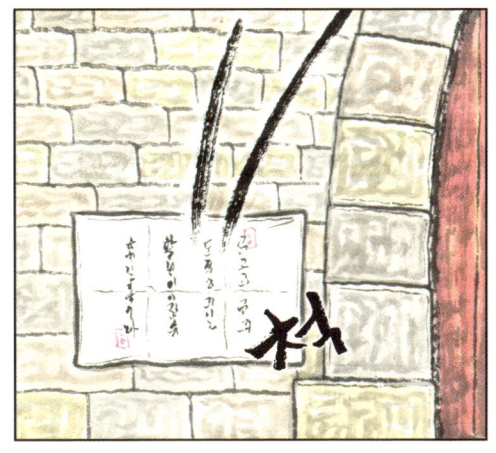

7
북악산에 있는 포도대장 이엽

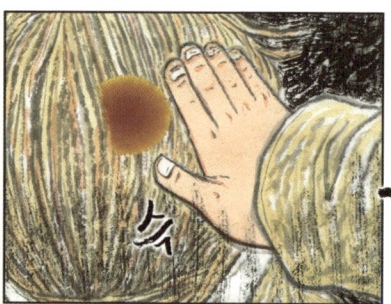

흉년이 들어 나라에 바칠 진상품을 구하지 못해 난리인데

10배 인들 안사고 배기겠는가?

허허 허허

미리 준비해둔 내가 현명한 거지….

두둥

꽥

….

이리 많은 군사가 한 번에 같이 다닐 수는 없을 것이다.

변장하여 각자 전국을 돌아다닌 후 보름 뒤에 문경으로 모이도록 하라!

옛! 알겠습니다!

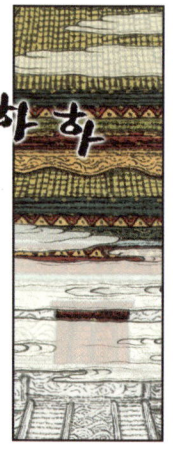

임금의 명 받은
이조판서
길현

길동이의 사고로 인해
항상 고민하시던 아버지가
자리에 눕고 계셔서 내가
관직을 쉬며 병수발을
하고 있었는데….

갑자기 금부의 병사들이 집안으로 쳐 들어와
아버지를 가두고 조정에서 나를 급히 부르다니.

분명
무슨 일이
생긴 것이다.

8. 임금의 명받은 이조판서 길현 **171**

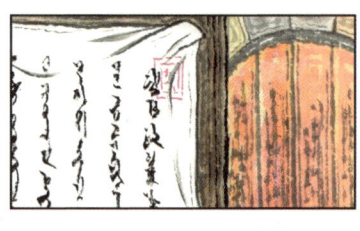

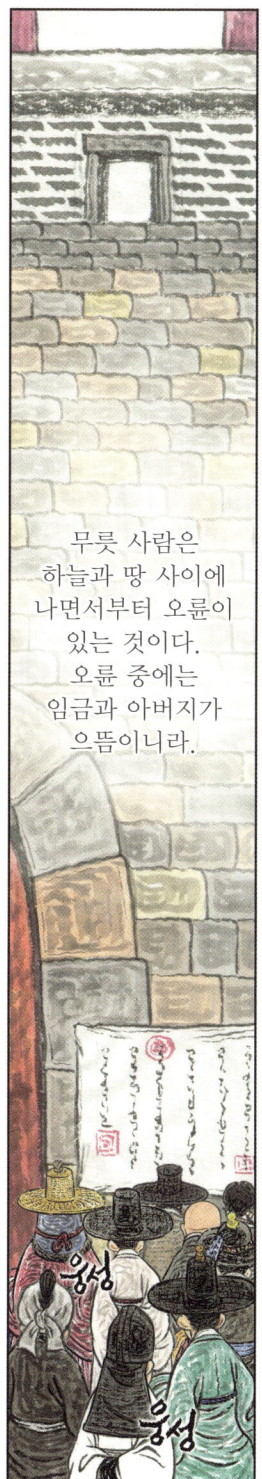

무릇 사람은 하늘과 땅 사이에 나면서부터 오륜이 있는 것이다. 오륜 중에는 임금과 아버지가 으뜸이니라.

사람이 되어 오륜을 버리면 사람이 아니라 하였는데, 지금 너는 다른 사람들보다 지혜와 식견이 뛰어남에도 이를 모르니 어찌 애달프지 않으리오.

우리 홍씨 가문은 대대로 나라에 은혜 입어 녹을 받으며 충성을 바치며 살았는데

우리 대에 와서 불충을 하니 참으로 한심한 지경에 이르렀다.

나라를 어지럽히고 불충불효 하는 반역자는 어느 시대인들 없었겠느냐마는 그것이 나의 동생이 될 줄은 뜻밖의 일이로다.

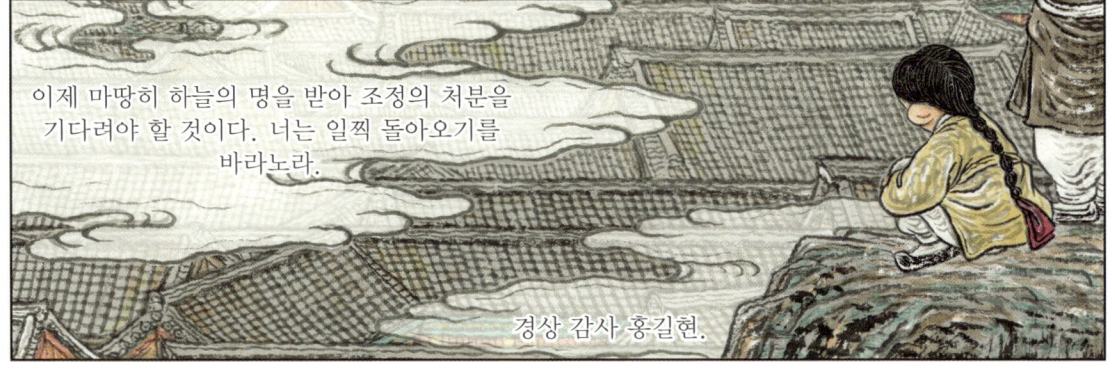

어떤 소년이 밖에 와서 뵙기를 청합니다.

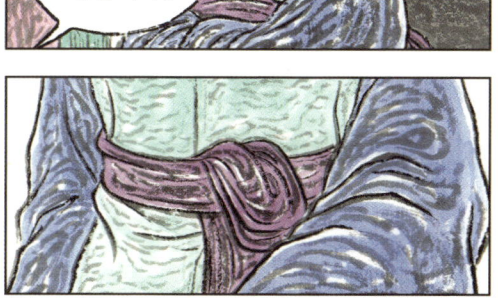

?

흑 흑

제가 못난 죄인 이옵니다.

전 죄인 이옵니다.

넌 누구기에 이런 말을 하는 것이냐?

8. 임금의 명받은 이조판서 길현

여덟
홍길동

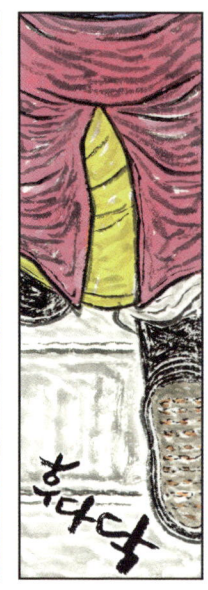

내가 홍길동인데 너희는 누구냐?

네가 무슨 길동이냐?
나야!
내가 진짜 홍길동이다.

이것들이 진짜 앞에서 잔재주를 부리는구나.

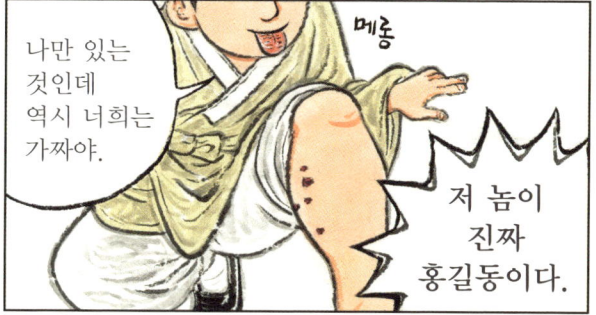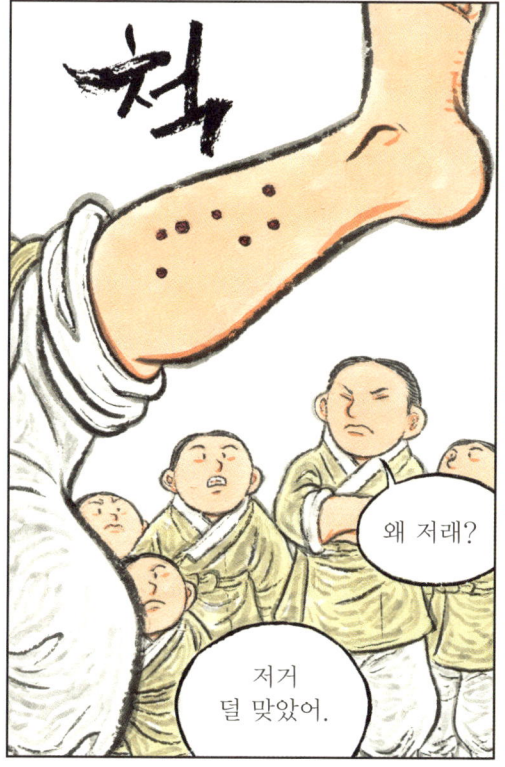

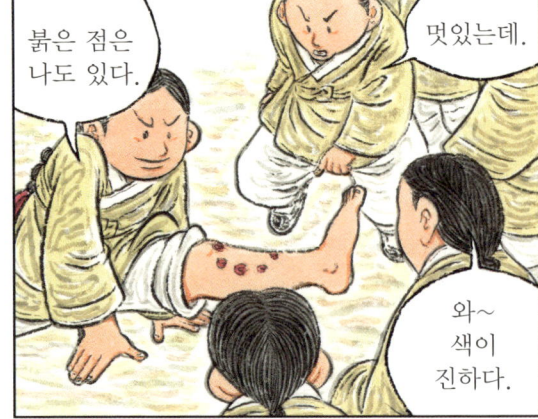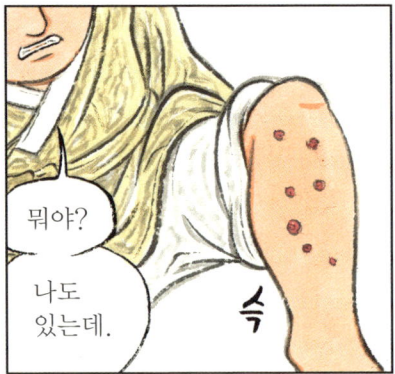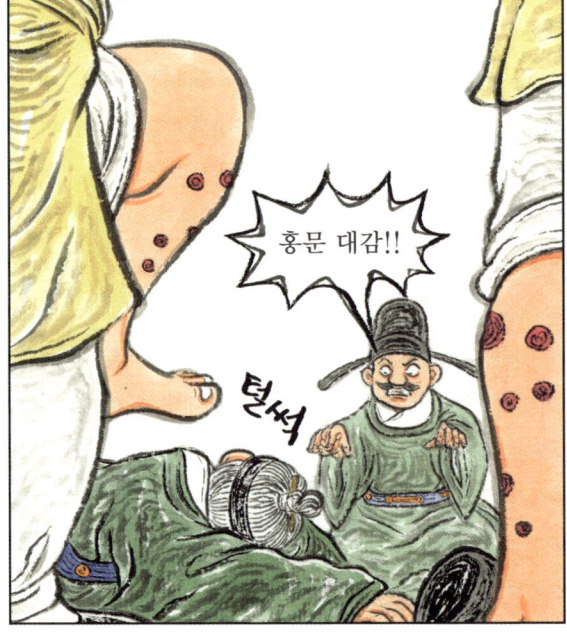

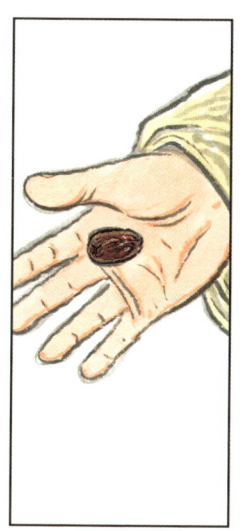

뭐… 뭐야?

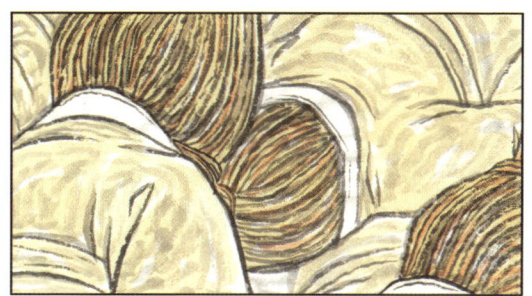

허수아비 일곱뿐입니다.

진짜는 사라졌습니다.

이….

홍·길·동

경상 감사 홍길현은 임금의 교지를 받들라.

홍길현은 조정에 허수아비를 보내 형부(刑部)를 혼란케 했으니,

이는 망령된 수작으로써 임금을 속인 죄에 해당한 아주 큰 죄이다.

아직은 죄를 따지지 않을 것이니 십 일 안에 길동이를 잡도록 하라.

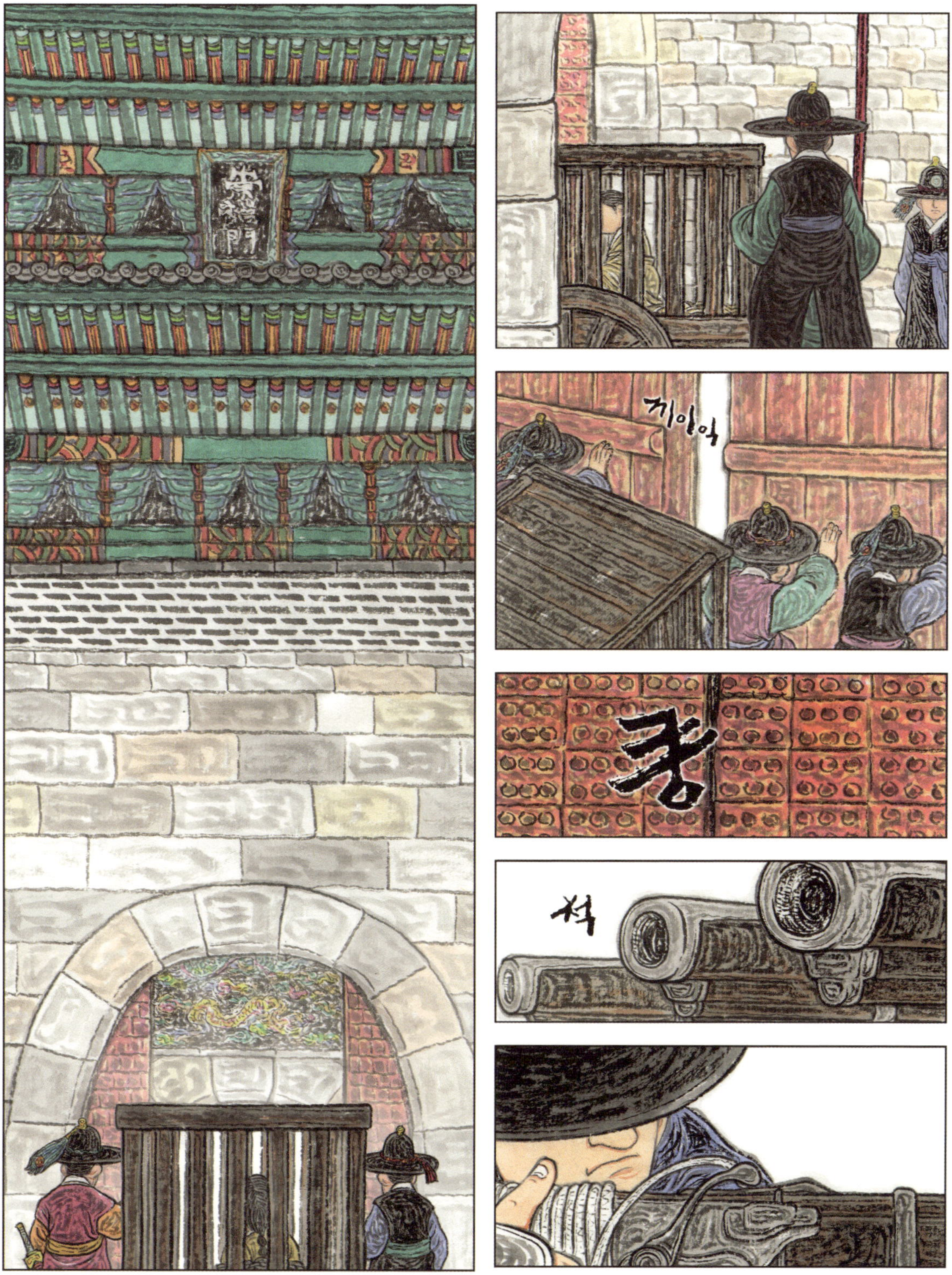

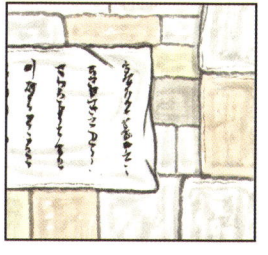
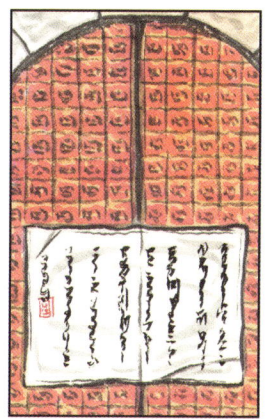

10. 비우雨

조선국을 떠나기 전에 해야 할 일이 있다.

지금부터

각 절로 가서 혹세무민 하는 중놈들을 잡아 오너라.

또한

재상가의 자식으로 괴롭고 힘든 백성을 속여 재물을 빼앗은 자,

옳지 못한 일을 하며 교만한 자와

간신으로써 나라의 좀이 되는 장안의 호당지도들 역시 잡아들이라.

병조판서 홍길동

잡으라는 명을 내려도 홍길동의 무리들은 전과 같은 일을 계속하고 있습니다.

그런 짓을 해도 백성들은 홍길동을 아끼며 사랑한다고 하는구나.

불쌍한 백성들을 도우며 억울한 자를 살피니

저희 신하들과 관리 보다 홍길동의 무리들을 더 따른다고 합니다.

그렇습니다.

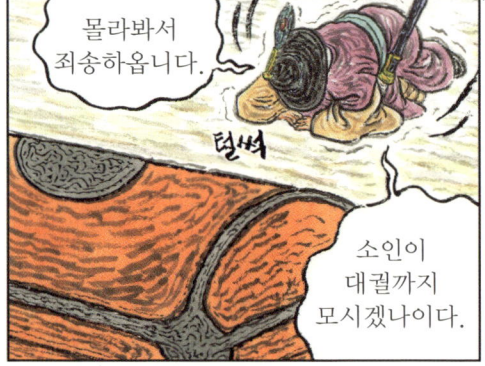

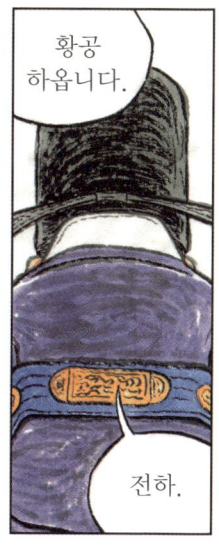

황공하옵니다.

전하.

나라는 조용하고 세상은 태평성대로구나.

홍길동 무리들이 도적질을 한다는 공문이 전혀 없습니다.

길동이를 잡으라는 명령을 거두었고 그가 사라진지 삼년.

신...
신선인가?

하늘에서 누군가가 오색 구름을 타고 내려온다.

귀,
귀인은 누추한 곳에 내려와 저에게 무슨 허물을 이르고자 하시는 것입니까?

井

제도에 사는

율동

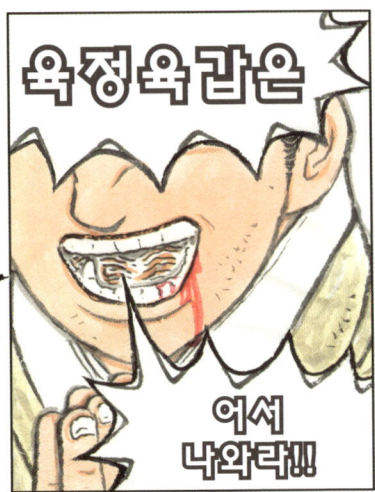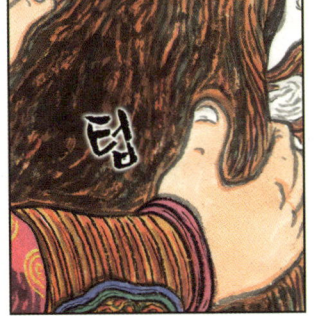

데려다 주겠다.

이름은 무엇인가?

전 낙천현 백용의 딸입니다.

저흰 정씨, 통씨입니다.

감사합니다.
감사합니다.

약속대로 제 사위가 되어 주십시오.

저희 또한 은혜를 갚을 길이 없으니 시첩으로 삼아 주십시오.

제 나이 이십이 되도록 부부생활의 즐거움을 모르는데 갑자기 이러시면···. 어찌해야 할지?

총각 이시군요. 그럼 세 명 다 가지십시오.

헉
하하

그럼 제가 살고 있는 제도에 가서 같이 사는 것이 어떠하옵니까?

그것도 좋습니다! 하하하

아버지

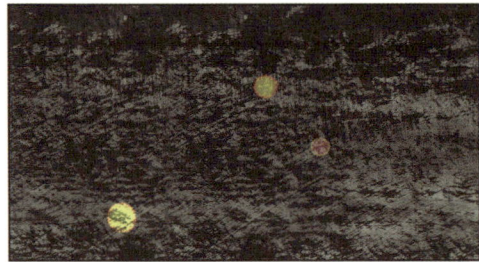

아버지의 수명이 다해 세상을 뜨실 것 같구나.

아하~

주륵

별자리를 살피니

내 나이 구십에 이제 죽는다 해도 무슨 여한이 있겠느냐 만은…

길동….

길동, 그 아이가 걱정이구나.

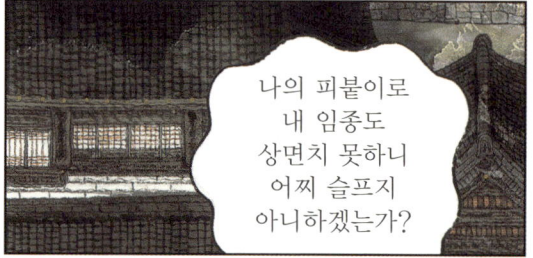

나의 피붙이로 내 임종도 상면치 못하니 어찌 슬프지 아니하겠는가?

13. 아버지

명산의 좋은 묏자리를 구하려 지관을 보냈는데

마땅한 곳이 없어 근심입니다.

졸곡(卒哭. 삼우제 뒤 제사)은 다가오는데…

아하~.

길동아

아하~,

아~.

어리석은 형의 소견 덕에 이루 말할 수 없는 좋은 자리를 잃었으니

애달프구나. 애닯구나.

다른 땅은 없는가?

형님, 한 곳이 있긴 하나

수천 리 멀리 떨어져 있어서…

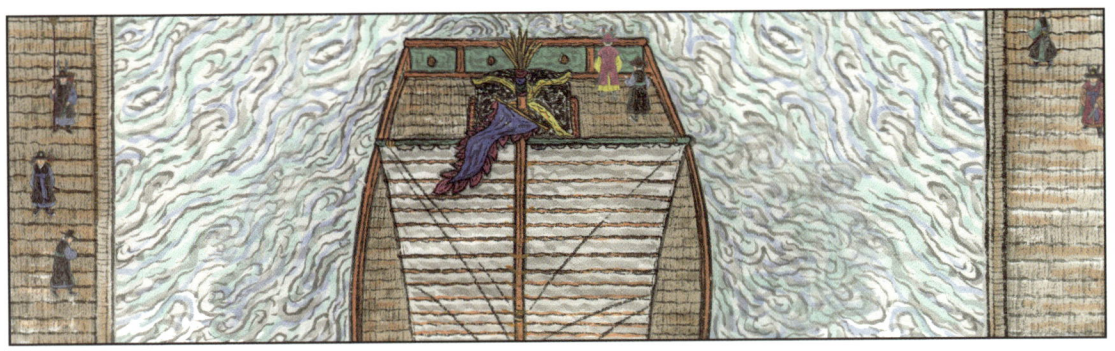

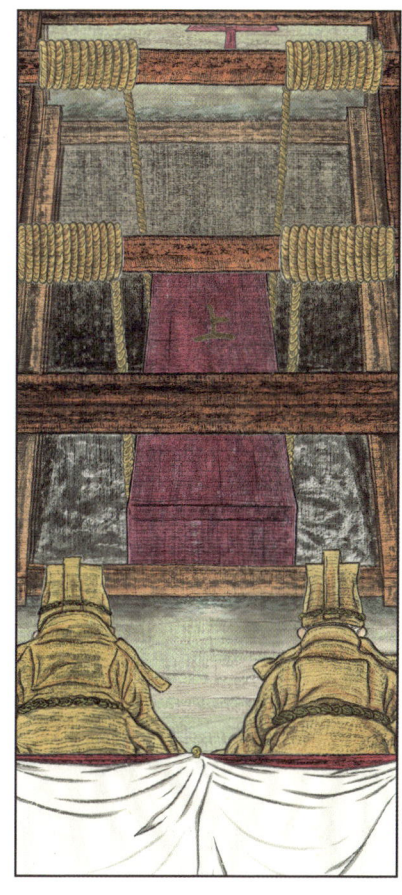

형님을 볼 날이 막막합니다.

아버님 제사는 제가 받들어

불효의 죄를 만분의 일이나 덜까 합니다.

14

울도국 정벌

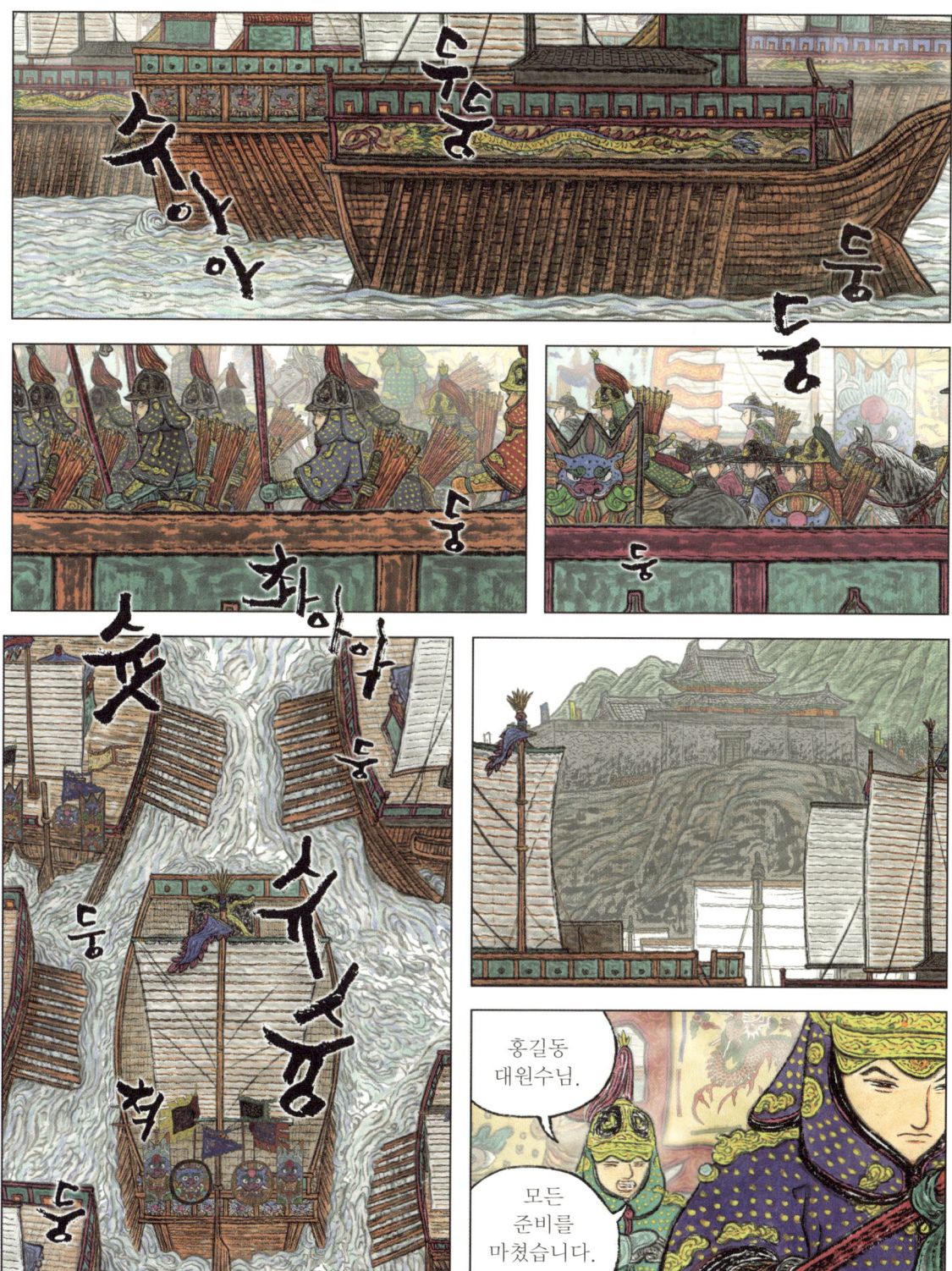

14. 율도국 정벌

홍길동의 군사들이 변경 칠십여 성을 평정하면서

율도국을 위엄에 엎드려 놓는다고 하는구나.

무슨 방도는 없는가?

아~, 끄응

그… 그게….

하아

뾰족한 방법이….

율도국 폐하!
적이 격문을 전해왔습니다!

척

읽어라.

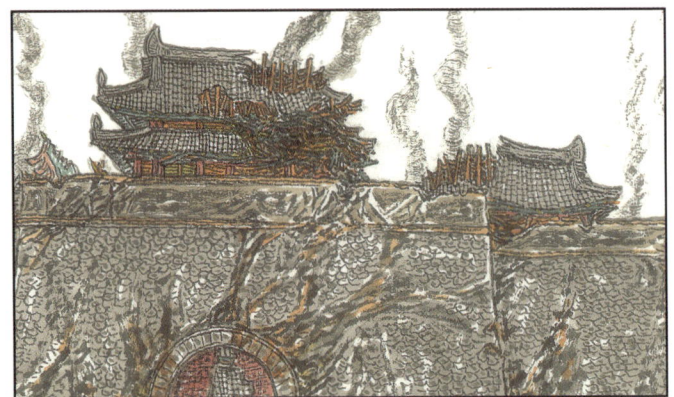

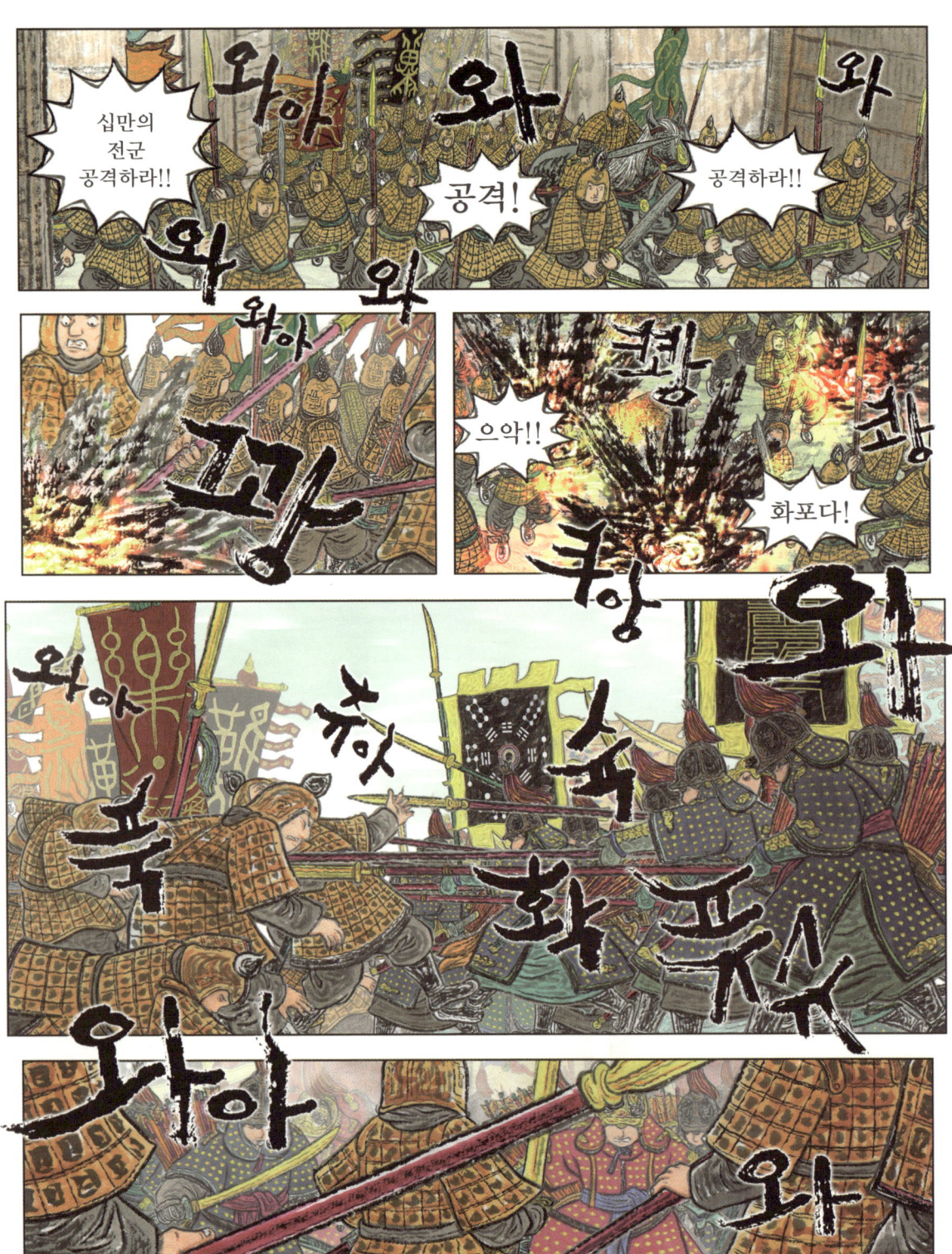

15

동극

사방에 일이 없이 나라와 백성은 평안하옵니다.

모든 것이 홍길동 대왕의 은덕이옵니다.

대왕대비가 승하하셔서 현덕능에 합장하고

태자 항이 짐을 도와 정사에 힘쓰며

신하와 백성들이 나를 따르니

어찌 행복하지 아니할 수 있는가?

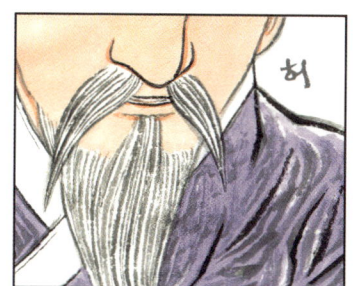

아버님.

황제께서 오셨습니까?

정사에 바쁘실 텐데 이리 찾아와 주어 감사합니다.

15. 등극 **319**

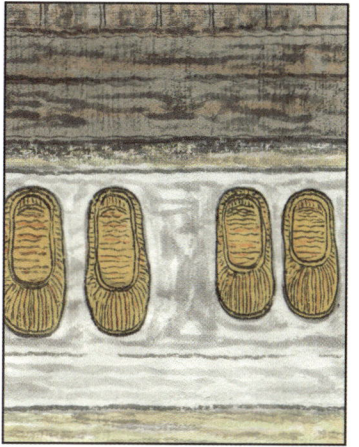

자신이
원한 것을
모두 이룬
장부로다.

비록
천한 어미 몸에
태어났으나

가슴에
쌓인 분노
풀어 버리고,

효성과 우애를
다 갖춰 한 몸에
운수를 당당하게
이루었으니,

만고에
자랑할
만하구나.

작품설명

🌿 허균

[홍길동전]의 작가는 허균으로 알려져 있지만 허균이 아니라는 해석도 많다. 조선시대 소설이나 그림에는 글을 쓴 사람이나 그린 사람을 적지 않는 경우가 많았다. 허균 사후 문집에 홍길동을 저술했다는 기록이 없다. 다만 동시대 인물인 이식의 문고에 허균이 [홍길동전]을 썼다고 말하는 것 하나로 인해 저자가 허균이라고 지금까지 전해진 것이다.

🌿 세종대왕

[홍길동전]의 왕은 세종시대이다. 아마 조선시대에 가장 유명한 왕을 배경으로 한 작가의 의도로 보인다.

🌿 홍화문

홍문 집안은 홍화문 밖에 살았다고 한다. 홍화문은 창경궁 정문으로 유명하다. 그러나 창경궁은 세종대왕 후대인 성종시대 건설된 궁궐 문이다. 당시 홍화문은 한양도성 4소문 혜화문의 이름이었다. 창경궁 건설시 정문이름이 홍화문으로 선정되자 4소문의 홍화문은 혜화문으로 변경된다. 그럼 홍문은 한양도성 바깥에 살았다는 얘기가 되는데 고위관리가 도성바깥에 살리는 없다. 고증오류로 보인다. 지금의 창경궁 동쪽 서울대병원자리가 홍문의 집터로 예상된다.

청룡

청룡의 기운으로 태어난 홍길동. [홍길동전]은 계속 얘기하겠지만 주몽설화와 기본적인 이야기 구조가 같다. 오룡거를 타고 내려온 해모수의 기운으로 태어난 고구려 시조 주몽. 청룡은 동방의 신물로 인식되었으며 봄을 상징한다.

홍문이 청룡의 태몽을 말하지 않은 이유

좋은 꿈은 주위에 말하면 부정 탄다는 믿음. 일을 행하고 마친 후 말하는 전통. 이건 지금도 똑같다.

홍문의 여자관계

조선시대 정승은 부인 1명, 첩 2명을 둘 수 있었다. 그래서 홍문은 유씨를 부인으로 초낭과 춘섬을 첩으로 삼은 것이다.

태종이 서자법 만든 이유

태종이 즉위하면서 서자 차별법을 만든 것은 과거 신덕왕후와 갈등도 있었지만 신하, 사대부가 동조한 이유는 기득권을 독점하려는 경제적, 정치적 이유였다. 이 법은 조선후기까지 이어졌다.

가족의 묵인

초낭이가 길동 제거 계획을 얘기하자 유씨 부인과 길현은 묵인한다. 신화나 일상에서 보이는 전형적인 가족 간의 폭력이다. 주몽설화에서는 배다른 형인 대소가 주몽을 죽이려고 했다.

동대문밖 관상녀

조선시대에 동대문 밖은 관상, 점, 굿을 하는 신당이 많았다. 신당동이 신당에서 나온 지명이다.

표주박으로 도적소굴을 찾아가는

갈 곳 없어 헤매던 중 시냇물에서 표주박이 떠내려 와 상류에 사람이 산다고 예상하고 도적소굴을 발견하는 홍길동. 불류수라는 강에 채소 잎이 떠내려 오는걸 보고 상류에 사람이 살고 있다고 생각해 불류국을 발견한 후 송양왕과 대결에서 승리해 그 땅을 차지한 주몽. 이런 설정은 동양설화에서 자주 쓰이는 설정이다. 대표적으로 복숭아 꽃잎에서 도원을 발견한 이야기.

🌿 후광효과

도적들에게 홍승상의 아들이라고 말하는 홍길동. 대소에게 쫓겨 도망가는데 강가에 도착하자 '나는 천제의 아들이고 하백의 외손이다.' 말하는 주몽. 내 아버지는 누구인데… 과거 내가 이런 일을 했는데…

🌿 초부석 옮기는 길동

돌 옮기는 걸로 장사 뽑는 건 전 세계 공통이다. 지금도 돌 들고 옮기는 대회도 있고 투포환이나 역도가 올림픽 종목이다. 조선시대 여경인 다모 선발요건은 쌀가마 드는 시험

🌿 홍길동 다리에 붉은 일곱 개의 점

북두칠성. 제왕을 상징

🌿 영웅소설

집에서 시작해 마을~나라의 최고자리~해외 진출하는 전형적인 영웅설화이다. 이런 구조는 주몽설화나 세계 영웅소설의 전형적인 이야기 구조이며 검증된 이야기. 빅리그에 진출한 선수도 이런 이야기이다.

후기

난 어릴 때부터 지금까지 마블과 DC 영화매니아. 돈 많이 쓴 티를 내며 화려한 볼거리에 멋진 히어로들은 항상 나에게 꿈과 희망을 준다. 그래서 히어로 만화를 만들어 보고 싶었다. 역사만화가 25년차, 우리 역사에서 히어로를 찾아보리라 생각하며 가장 유명한 홍길동을 염두에 두었다. 진부하겠다고 생각하며 그래도 만들고 싶었다. 그러면 홍길동 공부를 해야 하지 않겠는가? 홍길동은 전 국민이 알아도 [홍길동전]을 읽은 사람은 없다. 원본 한글소설을 읽고…. 엉? 재밌는데. 미디어에서 얘기했던 내용은 일부분이구나. 전체내용은 성인이 보기에도 재밌었다. 그래서 하늘을 날며 요괴랑 싸우고 미션을 완수하며 아름다운 여인과 사랑도 하는 스펙터클 홍길동 판타지를 그려보고 싶었다. 그러던 중 한국 국대만화가로 운이 좋게도 선정이 되어 프랑스 파리문화원 행사에 참가하게 되었다. 행사가 없는 날 시간을 내어 역사만화가답게 파리에 있는 박물관투어를 하고 있었다. 박물관 답사 후에는 뮤지엄샵에 있는 도록을 사는 습관이 있다. 루브르 뮤지엄샵에서 도록을 고르는데 중간 좋은 자리에 일본 고소설[겐지이야기]만화책이 있는 것이 아닌가? [겐지이야기]를 원작 그대로 충실하게 만든 만화책 전집이었다. 상당히 충격을 먹었다. 한국으로 돌아와서 다시 홍길동판타지 만화제작을 준비하였다. 그러나 [겐지이야기]의 충격은 내 머리를 혼란스럽게 했다. 고소설 원작에 충실한 작품? [홍길동전]도 있겠지? 하는 은근한 두려움으로 찾아보았다. 없다. 전혀 없다. 과거 홍길동 만화책은 다들 홍길동의 캐릭터만 빌려온 판타지고 각색이 심했다. 아니 [홍길동전]이 나온 지 400년이 넘었는데 원작에 대한 두루마리 그림이나 회화가 조선시대 하나도 없으며 최근에도 동화책과 삽화만 있지 원작 그대로 [홍길동전]을 만든 작품이 하나도 없다니 정말 실망스러웠다. 사명감이 스멀스멀 밀려왔다. 뭐 내가 해야지 누가 하겠나. [홍길동전]원작 그대로 만화를 만들자. 그래서 이렇게 나오게 되었다. 원작 그대로 이미지화해서 만화로 만들었으니 후대에 누군가 오작가의 진정한 뜻을 알아주겠지 하는 기대감이 뽀로롱 생긴다. 알아주지 않아도 좋다. 나는 만족한다. 과거 동북공정에 대응하는 고구려만화, 우리 고미술만화, 우리 고건축만화, 고구려 다크히어로 만화, 경주 유적지 만화, 삼국사기, 삼국유사 만화 등등을 다하고 이젠 우리 고소설 만화다. 난 우리 역사 이미지화에 할 만큼 했다. 이건 자랑스럽다. 다시 말하지만 나는 만족한다.